D0388038

Ms. Prado

Original title: *More Spaghetti, I Say!*

Text copyright © 1977 by Rita Golden Gelman.
Illustrations copyright © 1992 by Mort Gerberg.
Spanish translation copyright © 1994 by Scholastic Inc.
All rights reserved. Published by Scholastic Inc.
Printed in the U.S.A.
ISBN 0-590-48338-2
ISBN 0-590-29377-X (meets NASTA specifications)

7 8 9 10   09   01 00 99 98 97

¡Quiero más fideos!

Por Rita Golden Gelman
Ilustrado por Mort Gerberg

Traducido por Aída E. Marcuse

SCHOLASTIC INC.
New York   Toronto   London   Auckland   Sydney

—Ven a jugar conmigo, Rosaflor,
ven a jugar, por favor.

Nos pondremos de cabeza,
¡qué maravilla!,
o nos colgaremos de las rodillas.

—¡Oh, no!

No puedo jugar contigo, Mateo.

No puedo jugar, no, no creo.

No ahora.

No puedo. ¿No ves?

Estoy comiendo fideos.

—Ahora ya puedes jugar,
ahora puedes venir a jugar.

Saltaremos en la cama
hoy y tal vez mañana.

—No, no puedo, Mateo.

No puedo saltar ni jugar.

¿No ves? No puedo.

Necesito más fideos.

¡Quiero más fideos!

Quiero más.

Quiero más.

¡Quiero muchos más!

—¡Quiero más fideos!

—¿Los quieres más que a mí?

—Sí, más que a ti,
mucho más que a ti.

—Los quiero con panqueques,
los quiero con helado y carne asada,
los quiero con galletas y bananas
y los quiero con mermelada.

—Los quiero con mostaza,
los quiero con uvas pasas,
¡paso el día comiendo fideos,
es lo único que deseo!

Como fideos en los camiones,

y en las ramas, a montones.

—Comes demasiados fideos, Rosaflor.

Ven a jugar conmigo,

¡POR FAVOR!

—Puedo correr sobre fideos,

andar en bicicleta en los fideos,

puedo saltar,
deslizarme
y hasta
esconderme
en los fideos.

Puedo patinar en los fideos
o esquiar en ellos.

Y mira, en esta fotografía,
¡cómo me río trepada en
un montón de fideos fríos!

—Fideos, fideos,
no hablas de nada más.
No comerás más fideos,
¡ya verás de qué soy capaz!

—Los arrojaré por la ventana
los echaré en la cama,
en tu sillón,
en el piso y, sin aviso,
¡a tu cabeza,
de buena gana!

—¡Oh, Rosaflor,
tienes cara de dolor!
Te ves fatal.
Estás hinchada.
Estás verde y cansada.
Pareces enferma.
Sí, te veo muy mal.

—Tienes razón.

Estoy verde, cansada y,

por lo que veo,

estoy enferma.

Sí, eso creo.

Me sentaré contigo

un rato, Mateo.

—Déjame llevarme esto de aquí.

Mejor no lo tienes cerca de ti.

—¡Mmmmmm!

Qué deliciosos están estos fideos.

¡Quiero más fideos!

Quiero más fideos.

Quiero más fideos.

—Denme más fideos, por favor.

¡No puedo jugar contigo, Rosaflor!

¡Pero ahora yo quiero jugar, Mateo!
Quiero jugar contigo, sí, eso quiero.

—Ahora no.

¿No ves? ¡No puedo, no!

¡Estoy comiendo fideos!